哈金新诗选

哈金——著

New Selected Poems

北京出版集团公司
北京十月文艺出版社

你必须守住自己安静的中心
在那里做只有你才能做的事情

哈金

Contents // / 目 录 /

Contents //

Contents //

/ 目　录 /

Contents //

序

从汉语出发

四年多前夫人患了肺癌，我的写作被打乱了。虽然这几年出版了《背叛指南》和《折腾到底》两部长篇小说，但那都是很早以前就动笔了的作品。夫人的病难以让我开始写新长篇，所以我就利用零碎的时间开始写诗。我计划分两步走，先用汉语写出一些诗，再用英语重写其中的一部分，这样最终诗中的英语可能更新鲜些。但我动笔写起来，觉得汉语仍是自己的第一语言，可以说写起来得心应手，游刃有余。这样我就决定认真把这些作品写成地道的汉诗，至于英诗写作只能走一步算一步了。这个写作计划是个漫长而又毫无把握的过程。幸运的是这几年写的汉诗全都收入两本诗集——《另一个空间》和《路上的家园》，都由台北的联经出版社出版了。现在这部北京十月文艺出版社的《哈金新诗选》是从这两本集子中选出来的。我也用英文重写了这些诗中的一部分，编为我的下一本英诗集，名叫《遥远的中心》，将由铜谷（Copper Canyon）出版社出版。铜谷是北美最优秀的诗歌出版社之一。我真幸运，这样复杂曲折的写作竟然还都劳有所获，作品的出版还都有了着落。

虽然我主要用英语写作，但我对进入英语世界是非常谨慎的，总有些惴惴不安。对英语不是第一语言的作家来说，这种谨慎是必须的。前些年有的大陆出来的移民作家宣称“告别汉语”，国内也有人凑热闹撰文论说中国作家是应该选择汉语还是英语写作。这些说法是短视的，是外行话，现在很少有人再这样说了，虽然中国留学生到处都是，他们的英语也比父辈们好得多。我的谨慎跟诗歌写作有关。英语中还没有英语不是第一语言的大诗人。对于外来语的写作者，这是个终极的坎儿，至今还没人突破，虽然小说方面早就有康拉德和纳博科夫等大师。多年前我曾在叶芝写给友人的信中读到：“如果不用自己童年就学会了的语言并且一直在这个语言中思维，谁也写不出富有音乐感和风格独特的诗作。”我二十一岁前没见过说英语的人，英语无论如何都不会成为我的第一语言，所以叶芝的话对我来说比警钟还严酷，好像一扇门砰的一声关在面前。当然，他的说法可能已经过时，这个世纪一定会有英语不是第一语言的大诗人出现。其实,英语好并不等于能写出好作品,尤其是诗歌,更重要的是对语言的感受。独特的感受才能够成就独特的艺术家。

这些年我也用英语写了一部李白传(《通天之路》)。在这个写作过程中，我注意到很多汉诗的特点，也使我坚信古今中外的诗文法度很多是相通的。李白作诗的一个重要标准是“明月直入，无心可猜。”就是说无论思想多么深奥，都必须像月光那样直入人心。综观汉诗，最优秀的诗句都具有这种明净透彻的品质。叶芝也反复强调寻找能“刺透人心的词语”，这个说法跟李白的“明月直入”相类似。古代诗人们意识到诗中的思想不应该太玄奥，那样会减低诗的感染力。复杂的表达方式跟诗歌的情感撞击力往往成反比。总之，在这本《诗选》中我力求做到“明月直入”。

读者也会看到这些诗的语言跟当下流行的诗歌语言有些不同。在大部分诗中我都押韵，主要是我不想给人语言松弛的感觉。虽然押韵，我力求韵脚自然，不显得突兀或生硬。叶芝有两句关于怎样完成诗句的名言:

“如果不如同一刹那涌上心来 / 我们的修修补补终将无济于事”（“If it doesn’t seem a moment’s thought / Our stitching and unstitching has been naught”）。这里的“修修补补”是指不断地修改诗行。如果没有自然由心而出的感觉，再怎么修改也不会达到标准。这多少跟李白的“清水出芙蓉，天然去雕饰”的主张相像。我在这些诗中力图创造流动的语感，而韵脚应当是流动中的自然停顿。当然，用英语重写这些诗，完全不能押韵，必须追求另一种诗意。

这几年写汉诗给了我一次愉快又兴奋的旅行，但也让我明白自己在英语里已经走得太远了，远离了汉语写作的环境。我所能做到只是在逆境中做出艺术生存的选择，尽力把弱势化为优势。我相信不同的境遇和独特的努力方式最终也会造就特别的文学。

2017 年 3 月 10 日

上辑　另一个空间　>>

I

远行

纯粹

转眼间你成了恐龙
街上的孩子开始叫你“爷爷”
你老了，真的老了
你曾燃烧过各种各样的欲望
有过那么多苦恼和忧伤
那都是由于
奢求你不该得到的东西
你曾无谓地挥霍生命
渴望你灵魂的火焰
能点亮众多的眼睛
能揭去片片黑暗

现在你老了
但祝你的心灵更加纯粹——

愿它只为一个人

或一件事熊熊燃烧

直到成为灰烬

祈祷

挺起身来，我的灵魂
不要再取悦任何活着的人
不要再给任何团体让路
不要再听从疑虑和怨恨

愿你重新燃起少年的疯狂
让梦想展开坚韧的翅膀
无论输赢你都不再掂量
每一次凌空都是最后的翱翔

愿你拥有动物般的秉性
从不抱怨，从不丧气
像鸟和鱼那样耐心地活着
把每一天都过成最好的日子

愿你追索不老的智慧
热爱真理胜过美丽
多么飘荡也不偏离航向
让生命和工作合二为一

愿你成为自己的里程碑

远行者

继续走吧，你走得越远
在那些走不动的人的眼里
你就会变得越渺小
直到有一天
他们再也看不见你
于是就宣布你已经消失
你不自量的选择
将使自己变成孤魂野鬼

走吧，千万别回头
带足食物和水
按自己的地图往前走
愿你每天都扬起
高昂的兴奋
但再好的风景你也不要久留
要是你在开辟新路

就别指望会遇到路友

如果偏离了方向

你还有太阳和星斗

不接地气的人

我还歌颂那些不接地气的人
他们生来就要远行
去别处寻找家园
他们靠星斗来确定方向
他们的根扎在想象的天边

对于他们
生命是曲折的旅程
每一站都是新的开始
他们知道自己最终将在路上消失
但他们活着就要与死亡同行
就要把一条路走到底
虽然他们并不清楚
自己的足迹
将改变谁的地图

伶俐与迟钝

我见过许多聪明伶俐的人
他们都是斗争的产物
他们走在路上左盼右顾
怕被绊倒或掉进陷阱
他们举杯却不敢畅饮
担心酒里有毒
他们从不把话说透
指望对方能心领神会
就连在梦里
他们也得琢磨
怎样御敌或克敌

我必须返璞归真
变得迟钝也不要紧
最好生活在心眼儿少的人群中

夜里可以睡得安稳

悠然地做梦

白天好忙活久远的事情

仔细

从现在起你要活得仔细
每一元钱的来路和去处
都必须清清楚楚
拿了人家付的工资
就得为人家做事
没错，大多数上班的人
都是在出卖自己
然而你不能乱找买主
谁出个价你都售出

从现在起你要活得仔细
每一个饭局都必须了解
是吃谁的，喝谁的
千万别做随大溜的吃货
吃了人家的饭
就要为人家美言

千万别把慷慨当作盛情
做东的人往往在挥霍
别人的血汗和劳动
你不要随意地跟着吃人

从现在起你要活得仔细
再合身的美衣也不乱穿
你必须弄清衣服是谁做的
谁买的，有谁穿过
披上人家的戏衣
就得接受人家指定的角色
按人家的曲子起舞
听人家对你品头论足
你要只听从内心的旋律
在自己的田野里漫步

从现在起你要活得仔细
再牛气名贵的车子
也不动心，也不驾驶
开别人的车就得为人家跑路
还要担心车子被偷或被毁
你可以乘地铁或渡轮
每天轻轻松松地去上班
路上读本书或听听音乐
你不需要开豪车
来给自己脸上增色

从现在起你要活得仔细
再宽敞的房子也不随便去住
群山和大海不属于哪个人

一间小屋足以让你
跟林风和潮汐一同起落
让你的心灵飘扬展翅
你不需要豪宅来显示自己
只要你有了健康和安逸
就可以让阔佬和权贵的骄奢
全都变得滑稽
从今天起
你一定要活得仔细

才华

多少人希望你也平庸
好证明你跟他们相同
既然你要高出一等
就得忍受伤痛
就会有拳头从不同方向
冷不防把你击中
但即使遭到群殴
你也不要回敬
因为他们就是要让你分心
要观赏你在泥里打滚

你的才华也包括
耐心和忍受
起来，默默地继续走
把一切鼓噪甩在身后

接受

在许多人眼里
缺席就是过错
不管你怎样努力补救
他们仍会把你谴责
从此你再也无法回家
将随着命运的风漂泊
无论流落到哪里
你都是局外者

那就接受他者的身份吧
至少要独立不群
做个自生自灭的人

你必须学会
在自己的天地里甘居

无论远方传来什么消息
都要无动于衷
如果必须，就背对过去
让所有的诋毁和赞美
都在你心外消失

中心

你必须守住自己安静的中心
在那里做只有你才能做的事情
如果有人说你是白痴或疯子
就让他们饶舌去吧
如果有人夸你专一
也不必欢喜，只有孤寂
才是你永久的伴侣

你必须守住自己偏远的中心
天摇地晃也不要迁移
如果别人以为你无足轻重
那是因为你坚守得还不长久
只要你年复一年原地不动
终有一天你会发现
一个世界开始围绕你旋转

低歌

你必须迎接新的一天
过去的事不再回头细看
人生到处是遗憾
但你得挂住笑脸
一步一步走向前
你的目标在海角天边

你的心必须学会流浪
闭上眼睛想一想
你曾梦见过的故乡
不要让眼前的烦恼和忧伤
笼罩已经艰难的时光
不要让烟花模糊你的方向

Ⅱ

移动的家园

误解

那就让误解蔓延吧
这是是非非恰恰说明
你多么与众不同
世界上许多事越解释越混乱
还是让沉默和劳作来为你争辩

你不必广交朋友
不必热恋悦心的女人
不必分享欢聚的好酒
因为你拥有圆满的孤独
甘愿默默地离去

遥远的雷声会给你送来纯净的惊喜
天上的鸟群会教你另一种智慧

你的心灵将生出翅膀

你的语言里将没有这些词汇：

边界、哀怨、畏怯、崩溃……

幸福的记忆

我问过许多中国女人
有什么童年幸福的记忆
她们常常摇头
说想不起来
除了灰蒙蒙的生活
只有惊恐，屈辱和劳累

所以长大后
她们的心田已经冻结
她们的性格坚硬又脆弱
像含碳过多的生铁

我有许多幸福的记忆
它们让我跟仇恨无缘
让我活得从容

七岁那年除夕
表姐送来一旅行袋爆竹——
冲天炮，二踢脚，烟花
和一盘盘各种各样的小鞭
邻舍的孩子们都羡慕死了
谁也没有这么多鞭炮啊！
一直到初七我和弟弟
都觉得是世界上最富有的人
一下子多了好几个朋友

多年后
我颠沛流离
却从不觉得会贫穷

春天

你仍然应该赞美春天
虽然它是你最倒霉的季节
不断勾起你融不散的记忆——
那流不断的汗水
那赶种不完的农田
夜里和衣而睡，四肢酸痛
天不亮又得爬起来
跟大家一起用锄头或扁担
迎接干旱的春天

这里春天是另一番景象
葱绿的草坪上孩子们
挥舞着胖嫩的手臂
他们白花花的脚掌跟随着
地上的鸟雀和野鹅

而你一出门就泪流不止
喷嚏不断，只能隔窗观看
你的鼻子又肿又红

厨房那边，节目主持人
在收音机上欢笑
这么多听众打来电话
同她一起赞美明媚的春天
是啊，这里的春天与你格格不入
但你仍须学会赞美
赞美生机勃发的一切
包括爬出来晒太阳的虫子
和使你发烧的花粉
还有一座座开建的房子

所谓乡愁

老板，你怎么又说起乡愁?
家乡在哪里你早就弄不清
你老家那个村子已经被合并
在十三里外建成了一个新镇
而且你父母早已过世
你姐姐和弟弟也去了广东
在那里给外国人织浴巾
就是白送你一张机票
你也无法回去探亲
你只会在这里伤感沉吟

老板，原谅我话说得太重
你的乡愁的确发自内心
但你不过是在哀悼
找不回来的童年和青春

不愿意接受故国里
已经没有你的踪影
你明白所谓乡愁不过是
骗人骗自己的公共感情
你的家乡不在身后
而在前头，由你去找寻

失落的感觉

昨夜梦里我又迷了路——
四年的学业终于结束
同学们都分配了称心的工作
有的去北京，有的去江苏
不是外交部就是安全部
而我孤零一人待在宿舍里
不知自己将去何处
会不会有体面的饭碗
我心里别扭却无法倾诉

后来，外面下起蒙蒙雨
我没打伞就溜了出去
在田野里漫无目的地散步
直到眼前蜿蜒的小路
变成了细细的瀑布——

一阵鸟鸣把我惊醒
窗外是高高的蓝天
和青绿的森林
妻子哼着歌在楼下做早餐
我心里涌起阵阵隐痛
但渐渐浸满露水——
活着还是要一意孤行

瓜豆

行了，谁都渴望种豆得瓜
梦想自己的一朵小花
飞上天变成一片彩霞
你怎么又提起那个果园
说它早晚归你管辖?

为什么你总要当园主
却不愿做园丁？
劳力跟劳心为啥分得这么清?
你怎么还不明白
自己从来都不是主人
无论你掌管的果园多么成功
——产量倍增，利润滚滚
你仍然是在为别人经营
说实话，你还是劳工

我只在自家的小园子里劳作
既当园主也当园丁
每天都愉快地忙活
一切全按自己的节奏
当然也得习惯种瓜得豆

蓝莓

七月，蓝莓熟了
收获的季节悄悄到来
原以为第一茬果子
最大最肥
农场一说可以开摘
我就奔向它的莓地

空中飞着麻雀和鹩哥
枫树上乌鸦在呱叫
但鸟儿不碰这种酸果子
就连忙着采摘的大人
也不断提醒孩子们
不要吃得太多
别吃倒了牙或吃坏肚子

其实我错了——
蓝莓一茬比一茬更肥硕
没几天就压弯了枝杈
密密麻麻的摘不过来
一株株树下
开始散落着熟透的果子
天啊，这才两个星期

八月，蓝莓熟了
紫亮的果实含满阳光
镀着浅浅的白色
仿佛在招摇自己多么甘美
多么渴望急切的手指
是啊，这场丰收
渐渐由酸变甜
一直延伸到九月

高粱

信不信由你，我家东边有百十亩高粱
还有玉米、西红柿、芸豆、葡萄
每回去那边都看见大人领着孩子
在高粱中行走，笑语起伏
他们拎着篮子或袋子
偶尔也有孩子骑着印第安小马
一同穿过密密麻麻的红高粱
去农场深处采蔬菜和瓜果
他们在高粱地里踩出了几条小径

我曾问凯文为啥种这么一片高粱——
要卖甜秆儿，做饲料，还是要酿酒?
他哈哈笑了，说是种着玩的
说这样会吸引更多人来光顾他的农场
也让孩子们看看高粱是什么样子

在萨省

面对这上千亩待售的农田
你脸颊涨红，目光闪闪
是啊，掏出十万加元
这片地就是你的
连同那个牧场和农舍

我知道你是地主的孙女
土改时你家的地都充了公
但你血脉里仍流着对土地的饥饿
你多么渴望能像那位河南同乡
在这里扎根，生儿育女
朝起晚息，跟着季节忙闲
你那位同乡的农场伸延到天边
已经六万多亩了
她还有自己的湖泊和森林

天啊——馋死人了！

可是不要忘记

你命里注定要流浪

你的家园在路上，也在纸上

你说过大部分财产

只是多余的脂肪

那些不曾说出的许诺

你应该相信那些不曾说出的许诺
它们也许是一个会心的凝视
也许是一个远方的笑意
也许是一个命里注定的巧遇
也许是一个同一天的生日
也许是一位古人进入你的梦里
也许是一句慧语使你哭泣
也许是一座先哲住过的房子
——冥冥之中你搬了进去
也许是一个闪亮的名字
常常让你联想起自己
……

世上的神奇依赖有人相信
而信念会给你朝圣者般的心气
把你带进凭自己
根本无法接近的天地

你要坚信那些不曾说出的许诺
它们才透露出你的真我

飞地

那是一片宁静的土地
那里通行多种语言
每一种都享有独立
又互相渗透的空间

那是一片多彩的土地
上面居住着各种肤色的人
种种颜色相汇
融合成长久的太平

那是一片流动的土地
从不属于任何国家
一切条约和界碑
都无法逼它归化

那是一片绚烂的土地

夜里也闪着光辉

人人都可以去那里安居

只要你不怕孤寂

Ⅲ

审视

父辈

我见过他们怎样委屈地活着
三十多岁生命就开始走下坡
他们像鱼困在看不见的网里
游来游去仍在原处奔波

他们不得不把身心交给国家
任它消费自己的青春年华
他们如同树木连绵成林
相互依存，却无法挺拔

他们的梦想被打入地洞
不曾发芽就已经枯萎
活着时他们力争有口皆碑
死后好被誉为杰出的鬼

文字和照片

那时候没有相机
他要在诗赋里抒写庶民的疾苦
但他的文字多么无力
因为没人喜欢吟咏
泪水泡咸的诗句
他梦想朝见皇上
好把纤夫穿烂的草鞋
呈献在圣主眼下

如今，到处都是照片
真假难辨
即使要饭的老人饿倒在路边
也有人说是在演戏
你我的文字更加无力
因为无法使人看清

讨薪民工
被打破的脸和信任
也无法让人听见
山窝里赤脚的孩子们
挣扎的读书声

不适应

你常常告诉孩子们：
“世界就是这个样子
既然改变不了它
就得学会适应”

这是什么逻辑？
为了苟活，宁愿萎缩——
白天看不清太阳
眼睛就该接受昏暗
驱不散这满天雾霾
就该让肺憋屈地呼吸
掺假食品泛滥
胃就得更能消化
反正大家同样地活着

长此以往

人类将一代不如一代
退化成野兽
最终变成植物
变成石头

进步都从不适应开始——
人们改变环境，使它适应自己
收起你那套入世哲学吧
还是让孩子们学会不适应

在书店

瞧，这一架架书都是成功学
教授五花八门的策略
仿佛每一个成功
都有见不得人的诀窍
都由幸运之手暗中推动

告诉你一个秘密：
条条捷径
最终都通向失败
一件事要做得最好
办法只有一个
就是选择最难的途径

别再寻找
那些攻略和窍门了
你得活在另一个空间

小官

如果你回国
困难不光是房子和工作
最难缠的是各种各样的小官
他们像脖子上的疮疖
虽然不至于疼得砍头
却让人备受折磨

不论是盖个公章
还是填份表格
或是签个字
他们都能拖就拖
都会提出无数个疑问
其实他们的每一个“不过”
都是在探索
“我能得到什么？”

一回又一回
我不得不把话说破：
“你不会有额外收获！”
但我早就销了户口
不为他们掌握
如果你落入他们的管区
就得忍受盘剥

怕光的人

我们只在黑暗中运作
谁也不显露真实的自己
人人都适应了没有光的生活

无论谁的话你都得仔细琢磨
只有傻瓜才会直来直去
大家全在黑暗中运作

许多人提起阳光就哆嗦
因为肉眼见到的全是影子
人人都适应了没有光的生活

我们知道自己多么龌龊
唯唯诺诺，又不可一世
反正都在黑暗中运作

有权能使鬼神落魄
其次是有钱，然后是关系
我们都适应了没有光的生活

聪明人之间容易得多
看不清嘴脸也能明白彼此
大家都在黑暗中运作
全都适应了没有光的生活

茶凉

你已经离开
凭什么还给你上茶?
如果世界上所有的茶杯
总是盛满热水
就会有数亿只水壶
时刻在沸腾
那样地球将变成火盆
让人难以喘息
让草木全都枯萎
让鸟雀飞不起来

你已经离开
无法继续用茶
为什么还要抱怨?

人走茶就该凉

长不大的人

那些被吓大和骗大的孩子
永远长不成人
即使他们强壮的体格
也撑不住脆弱的心
即使他们已经生儿育女
也仍然老病缠身

你看，他们逢路便寻找捷径
随意炫耀自己多么富有
笑话别人多么贫穷
撒谎和蛮横已成为他们的天性
他们把善良视为愚蠢
把诚实当作平庸
他们看不到忍让后面的力量
也看不见谦和底下的坚韧

你必须长大成人

如果无法改善你的环境

最好离开，去找寻

没有谎言和恐惧的人生

靠山

说白了，你是在找靠山
想不用努力工作
就能过上滋润的日子
你要依赖上边的门路
扩大自己的势力
最终做个人上人

但你的靠山与你到底有什么不同?
他不过是占据了高一点的位置
他身后有他的靠山
他的靠山背后还有别的靠山
一层又一层的靠山
构成了权力的峡谷和森林

你何必在那座阴森的山中
寻找生路和归宿?
为什么要依附一棵
又一棵终将倒下的树?

别再说你过上逍遥的生活了
你还没活得不依赖靠山

风

风，撕碎这浓厚的灰云吧
一朵一朵把它扔到天外
好腾出空间
来拔起围着我们的烟霾

风，这座城市在盼你
送来一场大雨
把尘封的房顶洗净
把街道冲得明丽
把碧绿还给树冠
使发烧的汽车收敛
不再号叫抢先

风，让潮水涌上海滩吧
让它带走一团团垃圾
把蔚蓝再留给海湾
让鱼鳞在波峰上
重新银光闪闪

Ⅳ

无边的心事

四月

这里又是新老生命
都在颤动的季节
从林子里的湖边传来阵阵蛙鸣
伴随着鸟儿的欢歌
和朽木脱皮断枝的阵痛

你曾说春暖之前
一定寄给我一个花园
如今冬天已经过去
但对你而言
春天还是那么遥远

催眠曲

睡吧，亲爱的
你忙碌了一整天——
去邮局取回邮件
打扫卫生，买菜，做饭
修补了咱们的栅栏
还付完了一个个账单

睡吧，亲爱的
我守在你身边
享受在一起的时间
院子里的花开成了一片
从森林里来的野兔和旱獭
也已经回去酣眠

睡吧，亲爱的

窗外月亮又大又圆

这里听不见呐喊

也看不见阴险的嘴脸

今夜你要睡得平平安安

醒来迎接又一个好天

分药

我习惯了他给我分药
每天十几种药片和胶囊放在桌上
那是些什么我并不知道

然而我按时把它们吃掉
如果忘了，他就会紧张
我习惯了他给我分药

我曾经怕他会累得烦恼
但我的病痛取代了他的悲伤
别的我不需要知道

康复也依赖家人能给予多少——
愿不愿为你耗费，为你担当
我习惯了他给我分药

他说“老婆，咱们家这么小
难保时刻都有人在你身旁”
这一点他不说我也知道

没料到他会这么为家里操劳
每天下班就直奔停车场
他习惯了给我分药
分的是什么我不需要知道

劝告

你喜欢引用裴多菲的诗句：
为自由可以抛弃爱情和生命

可是没有生命
自由对你还有什么意义？
至于爱情，怎么能抛弃？

我在芝加哥遇见一位波兰诗人
他说选择离乡背井
不是为了自由
而是为了心爱的女人
那女人在中学教英文
住在密歇根湖附近

异国的生活
重新开始的艰辛
让他诗泉喷涌

我们时代的悲剧
是把女人塑造成了苦难的标本
漂亮的脸上都流露着怨恨
是把男人变成了人精
拼命去追求拥有和成功

别再谈为自由而牺牲生命了
千万不要放弃那位欢悦的女人

跟她去吧，不管去哪里——
深圳，长春，雅加达，曼谷

自由和爱情
都是为了活得更幸福

姐妹之争

1

妹妹，你别嘴硬
不要以为你老公
事业红火，仪表出众
你也一样成功

他是他的，你是你的
没有人管你叫“老总”
夫妻这对鸟
可以同床同枕
但不会永远同林
你不过是他的大保姆
把他伺候得舒心
说得好听些
你是个旺夫的女人

你别发火，也别跟我争
不管你老公多么风光
你永远是月亮

2

姐姐，你嫉妒
是因为我让你自愧不如
但你应该清楚
我老公也是我的保姆
他立在那里为我挡风遮雨
我要让他站得坚定
也要分担他的辛苦
我说过夫妻都要有所付出
才不会像你俩那样
每天过得像杀猪

我家所有的财产
都有我一半
我可以跟老公一样写支票
还管理一家分店
我花的都是自己赚的钱
谁是太阳或月亮并不重要
只要两口子真心相见
日子过得平安

你说得没错
我比以前更漂亮了
知道我老公是怎么说的吗？
他说“美女是爱出来的”

美丽的投资

你曾说“漂亮就是资本”
多年来你一定已经清楚
以美丽投资只有亏损

就连你那身为教授的父亲
也跟你一样丢了主心骨
也相信美丽就是资本

大家都纳闷他怎么像个商人
说你“起码要嫁个处级干部”？
你们父女的投资只会亏损

世道变得这么迅猛
如今美女们都盯上钻石王老五
而你人到中年，没了资本

甚至你那官运到头了的老公
也在琢磨怎么致富
但他不行，投资只能亏损

当初你应该听从自己的感情
起码将来心里会少些冤屈
女人的美丽日日缩水，不是资本——
花费可以，但投资就会亏损

惊喜

你不要再绞尽脑汁
为她制造一个个惊喜
那样赢得的爱情无法坚持
而且你将活得太累
更可怕的是有朝一日
你可能会讨厌自己
觉得浪费了生命
怎么变得碌碌无为

归根结底
你要找到人生的目的
千万别再跟随众人
去追求什么档次和刺激
爱情贵在俩人能互相扶持

把一条漫长的路走到底

虽然每天都平平常常

却能始终如一

被迫

多少事不愿做也得做
就连你的诞生
也都是情有所迫——
你妈跟你爸交欢得忘乎所以
没想到一下子怀上了你
之后，他们争论
该不该要这个孩子
翻来覆去，终于决定
还是让你出生

别激动，我说的是实话
不信可以问问你妈
其实，你不必太认真
不必非得弄清自己
是否真给父母带来了危机

重要的是他俩挑起了
养育你的担子
让对你的关爱缠住了身心
让你的存在渐渐界定了
他们的困顿和欢欣

别再说要随心所欲了
你必须做应该做的事
不管愿不愿意

理想的生活

多么向往无所事事的日子
早上睡个懒觉
然后去星巴克看看报纸
和朋友闲聊，开开玩笑
每天都不用忙着去上班
不必看老板和顾客的脸色
尽管别人说我太懒
光待在家里吃软饭

我常问自己：
为什么男人必须作顶梁柱
——在外面拼搏
在家里还得伺候孩子
满足老婆？

人为什么要活得这么累？
为什么要传宗接代？
为什么不能轻松地活着
孤零地死去？

然而，夜里我常听见
另一个声音反驳说：
舒舒服服的生活根本没有意义
你来到人世
就是要挣扎出另一个自己

饺子

二十年前每回在你家吃饭
我都吃三十个饺子
冬季里一盘拌黄瓜
几只松花蛋都是好东西
我们喝着啤酒通宵畅谈
虽然夫人们熬不起
说会儿话就睡去

十年前每回在你家吃饭
我都吃二十个饺子
烧鸡熏鱼，新鲜蔬菜
好酒好烟都不足为奇
只是饭后夫人们
不再跟我们坐在一起
她们有各自的圈子
不是要去见朋友

就是要看韩剧

如今每回在你家吃饭
我只吃十个饺子
饺子其实比以前更好吃
菜肴也更丰盛
但我们都不再年轻
我已经开始谢顶
你也超重，还血稠
没人仍把你当作美男
说实话，我怕老伴儿
也叫我“猪头”
你我都不再乱侃大山
提起儿女就发愁

注定

每次相见都如同相撞
但也是命里注定
昨夜我又在梦里遇到你
你同样的笑容带着几分嘲弄
好像在说“亲
咱们又走到一起
你就是孙悟空
也翻不出如来佛的手心”

我不相信群体的同分母
也从未见过两个人
做一模一样的梦
我们都有各自的轨道
偶尔交错，但终要分道扬镳
没有哪颗星会停止运行
为另一颗原地待命

每一回我都留不住你的微笑
都要重温那些失去的机会
尽管我早已习惯了丢失
但信不信由你
每当你离去
我都会更加忘我地工作
更加不介意生死
你给了我另一种生活——
一种疼痛的充实

访客

大雪又封盖了新英格兰
明天学校都将停课
不用去上班了
夜里远方公路上卡车嗡嗡作响
那是清雪工们在推雪
撒沙子和盐
多雪的冬天给他们带来好生意
是他们丰收的季节

今早拉开窗帘
院子里散落着几圈脚印
那是一只鹿留下的
它一定在这里逗留了很久

我又想起你

你常说要去佛罗里达

那里冬天阳光明媚，没有冰雪

如今你去了另一个地方

那边没有风暴，没有冬天

只是不知道你是否孤单

贴身人

因为有你
那座遥远的城市
上了我的版图
在我心中它不再是
一个大村子

每天醒来我都随你
乘公交去上班
通过雾气缭绕的海湾
走过绿茵的街道
来到孩子们面前
打开课本一起朗读
翻新的寓言
和神话般的凯旋
还在黑板上描绘

也许是更好的明天

不管你愿不愿意
不管你知不知道
你都带着一位
看不见的保镖

期遇

走了三里路去海边
看那艘洁白的大游船
它披着阳光缓缓
驶过蓝天和浪涛之间

每个周末都去看那艘船
那船好像载满了心事
但不知它将在哪里靠岸
只见它静静远去

下辑　路上的家园 >>

I

路上的旋律

你不要原地打转

你别再说生命无常又短暂
说要活得自在悠闲
别再说要学会忽悠时间——
每天看看电影，吃吃茶点
与朋友们侃得天高地远

你最好跟别人一样
也在自己的天地里奔忙
你看，码头上的脚步多么沉稳
看那些离港的海轮
它们都要负重才能远行

走过的路

我曾要把走过的路通通甩掉
但无意中还是带上了几条
如今无论我走到哪里
都觉得那些路仍在脚下
只是不知道它们怎样延续
怎样跟新的路会合交叉

不过我已经清楚
任何新的道路
都来自踏过的旅途
也许有一天我会自豪地宣布
正是过去的足迹
把我领进新的天地

门

多少门你通过后就悄悄关死
你不要转身去追溯来路
因为不管你怎样呼喊或哭泣
那些门都不会松动纹丝

多少门你一通过就砰的一声
把你推进昏暗的走廊
逼你只能往前走
前面也许有一束光亮

多少门你通过后就消失
尽管许多声音在提醒：
你千万别忘本
身后的门连着你的根

你通过了那么多门

学会了安然地把它们锁紧

甚至扔掉手中的钥匙

你习惯了在摸索中行进

双向街

友情是一条双向街
来来往往才红火
如果你老是闭门谢客
或久居他乡
再深厚的友谊都会淡薄
鲜明的记忆终将模糊

爱情也是双向街
没有人会永远一头热
别再说爱是默默地奉献
是永不割舍
假如没有温暖和欢乐
再热的心也会冷缩

亲情更是双向街

不要以为血脉相同

就能保证孝敬和爱心

你付出多少

决定了对你怎样感恩

你要用关爱来培育亲情

火焰

别人都躲开硝烟
只有你远远地看见
我心里的火焰
你悄悄来到我身边
依偎着我仿佛要取暖
还说“直到永远”

只有你，只有你
能承受这熊熊火焰
这火只为你长燃
好让你活得更加灿烂
隆冬里也不怕严寒
每一年都过得像一天

静夜里又谈起分手的恋人

那时她们都渴望有个家
但我只能许诺会尽力
让她们生活得舒适
如果她们怕冰天雪地
我们将来就去江南
如果她们不喜欢潮湿
我们就移居山区或平原

但她们更专注眼下
都要有一个实在的家：
一所宽敞的公寓
最好带阳台和淋浴

只有你说不必一步到位
只要俩人能常在一起
尤其是节假日

起码每年都一起过年
你希望平常的日子
像泉水长流不断

如今我们有自己的房子
自己的草坪和树林
我们的车道上月光白花花
院子里常来火鸡和鹿群
但这些都不是家
假如没有你的滋润

双重意象

在我的梦里你总是身穿军装
脚踏皮靴，扎着腰带
你的一对短辫
随着你坚定的步伐不停摇摆
你语气铿锵地下达命令
远方炮弹像花朵簇簇绽开
大家都说你是将才

而现实中你像淑女
你淡紫的裙子
飘过教堂前静谧的广场
你的半高跟鞋敲打着
春雨洗净的石板
你的语音是白鸽的翅膀
在阳光中扑扇

你的倩影拖着
各种颜色的飞眼

究竟哪一个才是你——
猛将还是淑女？
但愿你两者都不是

碗

你随手把它扔到地上
让它摔出裂纹
如今你不停修补
想要它完好如新

快别粘了
什么胶都无法遮掩
这个事实：
你有只破碗

暴风雪

三尺大雪封住了北方
五个州全都瘫痪
商店、学校、银行、机场
通通关了门
街上已经没有车辆
大家终于能多休息一天
朋友们相互祝愿平安
说铲雪时千万注意
别伤了腰或手臂
还说天气虽然这么坏
却也带来了歇息

然而，早上才八点
家里就电话不断
募捐或推售产品——
儿童教育基金会

乳腺癌研究中心
退伍军人服务处
电话公司，保险代理人
还有消防队和警察所
（要调查民情）

天啊，这么多人
突然更忙了
知道大家都困在家中

新的愿望

昨天中午我们又在广场上
戏弄那尊肥胖的雪人
拧他的胡萝卜鼻子
戳他的电池眼睛
还扇了他几巴掌
仿佛那家伙要是伤透了心
就不再敢来波士顿
也会赶紧带走街道旁
一垛垛五六尺高的雪墙

可是今早电视台公布
今冬已经下了 102 寸雪
再下 5 寸就将打破纪录
于是我们又兴奋起来
谈论就要到来的暴风雪
希望它足够猛烈

小船

我把一只船停在纽斯河
停在宽阔的河中心
鱼群不再胡乱游动
河水在此分成上游和下游
远山不再是荒岭

这是一只玻璃钢船
固定在水波里
来往的鸟在船上歇息
知道这不是岛屿
也不是漂移的秘密

两岸的森林和草地
渐渐改变了摆动的旋律

与这只船组成新的次序

虽然它从不是

纽斯河自己的东西

蛤蟆

你还得佩服蛤蟆的生命力
无论是在小溪还是在阴沟里
它们都能活得欢天喜地
开春时它们放开嗓子
会让你以为是一群鹅鸭
在远处逐波戏水

你瞧，它们蹦蹦跳跳
像小鸟就要展翅
虽然它们从没有羽翼
它们也没有腰肢
但走起路来却左摇右摆
它们坐下来好像不屑站立
有如一尊尊小佛
其实它们根本就站不起来

争夺

巧妇鸟，我知道你看好
这门上方的荫凉
但你别在这儿絮窝

你乱扔东西，还拉屎
老把门闩弄得又臭又脏
这门口的垫子还得再擦洗

我又扫落你留下的泥草
你肯定还要回来
重建你的新窝

小东西，我不会让
你的黑泥巴在这儿摞堆儿
就是朋友间来往

也不能不分你我

到处都有荫凉的角落

为啥非要在我家絮窝?

练字

你看，这是字帖和毛笔
从现在起你要多练字
每天都临摹几页
汉语不但要会说会读
也必须会写
写出一手好字
将来你会更有出息

你们每个星期天
都逼我上中文学校
我需要更多的时间
来完成数理化作业
还得读英语小说和戏剧
根本没工夫抄汉字
再分心下去
我可能会留级

别给自己找借口
你必须多练字
做一件事情
就要做好，做彻底
如果不会写中文
将来回合肥
你就是半个残废

我总算明白了
为啥中国人那么会山寨
我们学校里有几个家伙
老在家里抄汉字
在班上他们专抄别人的作业
我不要像他们，从小
就练这种山寨功夫
我要创造，创造，再创造

选择故乡

奇怪啊，你这么容易
就找到了故乡
而且是在我寄身的地方
你选择扎根
不再跟我流浪

你长大了
也许知道我已经接近
旅途的终点
从此可能在原地打转
我曾以为你会像我一样
扬起风帆
驶向另一片海洋
现在你有了永久的港湾
不再需要远航

真没想到，无根的我
却成为你的根
也许这就是命运：
这一代人历经艰辛
只为下一代人
提供能量，改善环境

其实，每一个故乡
都曾经是前人的异乡
记得一位哲人说过：
有福的人不用到处闯荡
去为后辈开疆辟壤
他们生死在同一个地方
不需要故事
也不会有损伤

至少

你不要到处露脸
不要随便参加派对和会议
那样是在展示
对你的艺术还心存焦虑
也是在贬低自己

人们见过你就会认为
你太普通，跟他们差不到哪去
你的成绩一定来自投机
或是瞎猫碰到死耗子

你频繁的出现也会让别人气馁
因为你身在遥远的边际
标志着想象的经纬
理当可望不可即

你看，这满天的星

哪一颗不是独自明灭？

它们的光波

也来自深远的冷漠

回来吧

回来吧，二十岁的饥饿
再来占据我的身心
再给我带来疯狂的纯真
再让幻想在我的血脉里涌动
再让我放任的歌声
穿过晨光浸满的树林

回来吧，二十岁的痴心
再给我送来迷茫和不安
还有那夺魂的晕眩
再让我跟踪朵朵云彩
再让我抚摸
一张张青涩的笑脸——
再把我带到那个起点

II

远方的回声

笼子

我有一只漂亮的笼子
它日夜飞旋
它的门开开合合
展现里面既舒适又安全
——我应该乘它去云游
并接受笼子里的空间
专心忘我地工作
跟大家一起
去完成共同的业绩
最终我会生活得安逸
还能留下口碑
虽然不会有特别的故事

那笼子像一朵彩云
围绕我飞旋了十几年
如今它仍然光灿如新
但我已经长大成人
再也进不去了
只能在梦里乘它兜风

紧箍咒

告诉我是哪位神主
给我的祖先戴上了紧箍咒？
那金环又怎样渐渐锁住
一代代人的心路和命数？

告诉我它的咒语是什么
为什么没人念咒
祖辈们仍会头痛得哆嗦？
为什么一听到“中国”
他们就会结巴或语塞
有的还丢魂落魄？

告诉我为什么爷爷和父亲
头上早就不见那个金环了
他们却仍然病魔缠身

常常头晕，还倒地抽筋？

告诉我怎样才能挣脱
这看不见、摸不到的紧箍咒？
别再说它早已成为我的血肉
我要让它跟皮发同落

如果吃是文化

我们要吃鼠
老鼠皮毛厚实光滑
能给你一头浓发
即使你已经秃顶
也能让你黑发重生

我们要吃猫
猫生性机灵
能让你变得聪明
起码长些精神

我们要吃蛙
青蛙会游水，嗓门大
能使你声如洪钟
雨季里也不染上湿病

我们要吃狐
狐狸狡猾，动作迅速
能让你反应机敏
不掉进别人的陷阱

我们要吃虎
老虎力大凶猛
能壮阳，强你筋骨
让你威风凛凛
战无不胜

我们要吃龙，要吃凤
但上天入海都抓不到它们
我们只能以蛇代龙
以鸡代凤
好把它们也吃尽

黄大仙

那时村里常有人闹黄大仙
她们多是女孩和体弱的女人
一旦发起病来
就以黄鼠狼的口吻
胡言乱语，还摇头晃身
她们的家人会赶紧
冲出门，敲打脸盆
好把黄大仙吓走
有的还手握扫帚四下搜寻
如果找到正在发作的黄鼠狼
就揍它一顿
只要能把它轰走
家里的疯人就能恢复安静

如今没人相信妖兽上身
要是有人发疯

就送她去城里医院
或看精神病医生
神话和传说早已成为迷信
不过假如有人喊一声：
“快去让黄大仙走人！”
我仍可能冲出门
搜查草垛，犄角和墙根
希望能发现一只黄鼠狼
在叽喳乱叫，还摇滚抽风

做官

小时候我曾希望做官
虽然不清楚官到底是什么
只想有一天官做得比老爸大
那样他就不用再说
我太无能，二流脑筋
命里注定要受穷

后来渐渐明白老爸也不容易
为升官常常送礼
尾巴夹得比谁都紧
即使这样也无济于事
那年，他的上级状告省长
结果自己却被一撸到底
接着祸及下属——
有无过错全部出局

如今老爸已经去世
他的墓碑上记着几件
曾为当地人做过的好事
但没提到他的官级
这让我郁闷了好久
觉得没表达对他的敬意

后来我慢慢悟出
官级不过是各种俸禄
俸禄就是饭票
饭票无论大小都可以从国库
领取食物，而且国家越大
库里的储藏就越丰富
吃俸禄的人就越多
对不少人来说
爱国就是爱大国的好处：
国库殷实，供给充裕
更利于长期拿取

然而我不愿白吃白用
别人的劳动
也早就断了当官的梦
我愿做小国的公民

所谓收获的季节

你不要忙着到处建立
自己的艺术中心
那样是在糟蹋自己
你怎么能养活那么多人？
怎样维持各种关系？
那些中心会成为累赘
就像昂贵的棺材
你无法在其中安息

你不要忙着囤积丰收
虽然你的生命已到中秋
艺术毁于安稳守成
别光说自己仍旧
燃烧着少年的雄心
只有轻装才能再启程

坎儿

我只穿衬衣衬裤就跑进黑夜
街上下着大雪，北风凛冽
原以为冻死不会多受罪
——体温渐渐降低
跑不动了就倒进路旁沟里
让白雪覆盖我的尸体
天啊，才跑出四五百米
我就开始哆嗦，还打喷嚏
腿也不听使唤
拐了几个弯
就调头往回赶
幸亏夜深没人看见

我不愿意喂鱼鳖
也不想给湖上的船主找麻烦

就跑到城南
一咬牙跳进了运河
天啊，没想到水这么臭
这么冷，又这么急——
我要死得干净
决不能让这废水污泥
浸透十九岁的身子
我开始喊救命
但不等有人出现
就爬上了岸

我攀上宿舍楼顶
下面车辆来往不停
天啊，没料到六层就这么高
高得让我头晕，直打激灵
我强迫自己坐到顶沿儿
两腿悬在空中
泪珠接着就断了线
楼下人们渐渐围成一片

有的在用手机拍照
有的在朝我呼喊：
“你妈叫你回家吃饭呢”
“快跳啊，别浪费时间”
“孩子，谁都想过寻死
这只是个坎儿，过去就没事了”
“姑娘，你要挺住
活下去就是胜利”
他们越劝，我哭得就越厉害
心里却盼着警察快上来
二话不说就把我拽开

具体和清晰

你指着我的脑门说
“怎么能用一个人的记忆
来代替十亿人的经历?
这样做分明是以点当面
是歪曲现实!”

“十亿”可是天大的数字啊
就是爱因斯坦再世
恐怕也抓不住头尾——
十亿张脸是什么样子?
十亿个声音谁能听明白?
听不清，看不见
你脑袋里就会云山雾海
装满千篇一律的故事

还是给我具体和清晰吧

让我看清一张张脸
听懂一个个句子
巨大的数字
只能制造模糊和骗局

Ⅲ

失败者

遗愿

他曾是优秀的抒情诗人
二十多岁就名满江南

后来他被国家重点保护
成为文化官员
一切都顺理成章
他每天都不用坐班
出门有司机
大部分事务由秘书处理
他生活得优越安全
只是五十多年来
再没写出自己满意的诗篇

现在他就要离去
领导们来到他床前
送来安慰的话语

还问他有什么心愿

而他却抽泣起来

说“我要写诗

我要写出不朽的诗句！”

向死而生

说实话，你不是优秀的诗人
但我不愿再跟你争论
你病成这样，就要离去
最好让你守住圆满的憧憬

但你自信得让我吃惊
夹着香烟的枯手依旧平稳
你不时地咳嗽
脸上却涌出超脱的笑容

你说“还记得那首诗吗？”
我当然记得，你不必吟咏
它说的是人应该向死而生
如今你好像在以身证明

然而，后来你却去了八宝山
你肯定早就在经营
追悼会上盛大的场景——
花圈和挽联都来自要人

你曾对我表露的信心
不过是由权势支撑
你并不相信单凭诗句
就能在一些舌头上永存

李煜

想来想去
最无能的君王还是你
你既不懂政治也不懂军事
甚至没有作恶的力气
你每天沉湎于书卷典籍
咏经拜佛，兴建庙宇
抚琴作画，填词吟诗

登基后十几年你就沦为
宋太宗的阶下臣子
仿佛上苍毁掉你的江山
就是要让你的诗词
更加凄婉真切
让汉语在你手中变得绚丽
能说透绵绵哀愁和怨悔

一个个朝代都绝了迹
一位位皇帝只剩下名字
宋太宗是谁？
他有什么业绩？
留下了什么卓见或警句？
我只知道他灭了你的王国
洗劫了你的宫邸
霸占了你的皇后
甚至当众将她调戏

然而，不可一世的他
最终成为你诗词的一条注释
那是他莫大的运气

麦尔维尔和他的《白鲸》

一本又一本你都失败了
你根本写不出畅销书
也不知道什么故事
能让女士们欢喜

当收到伦敦版的《白鲸》
你愤怒地发现
一段又一段被删改
连《后记》也首尾不见

错字赘句比比皆是
显然编辑们随意改动了
他们不满意的章节
接着书评一个比一个尖刻

有的说你已经疯了
而此刻美国版的《白鲸》
就要付印，你得修改校样
你沮丧得刚开始就停工

还信口说“我不干了
就让未来的批评家们做吧”
你又开始酗酒
每天跟老婆吵架

没人会料到一代又一代学者
将比较不同的版本
揣度你的意图
好做出终极版的《白鲸》

梵高的《红葡萄园》

画展上一个小小的义举
使我载入了历史——
安娜－波克竟成为梵高在世时
第一位，也是唯一一位
买下他作品的人

从他的六幅画中
我选了《红葡萄园》
花了四百法郎
这不过是我一身衣服的价钱
而对那位在法国南部乡下
挣扎着的艺术家来说
这也许意味着新的开始
我认识梵高，见过他的黄房子
他一直梦想把那座遥远的小宅
变成艺术家们栖身的中心

他是多么害怕孤单啊!
我弟弟是他的朋友
我俩一起去拜访过他
去观看他作画

他那时还是无名之辈
而我的画已经卖得很好
但任何有眼光的行家
都看得出梵高的内力和才华
如果不是三十七岁就去世
他肯定会看见自己
渐渐成为欧洲画坛的巨星
他曾对我弟弟说
“痛苦就是人生
我好痛苦，我一事无成
我的悲哀将永久长存”

布鲁塞尔画展上的一些老顽固
扬言要把梵高的作品拿掉

认为它们太粗俗，毫无章法
那更让我要买下这幅画

后来《红葡萄园》就挂在
我的音乐厅中心
但每当我仔细观赏它
心中都掀起异样的波澜
像海潮扑面而来
让我发慌，无法作画
所以我就把它卖了

不要以为我不珍惜梵高
每年我都要重读
他的《普罗旺斯来信》
好让他的文字再撕扯我的心
让我再体验那无边的
孤独、绝望、贫困、疯狂
和那汹涌的创作欲望

卡夫卡

（1912 年 10 月 8 日）

我是什么人啊?
怎么老折磨家人和自己?
今早父母和妹妹
又用不屑的目光看我
他们的眼睛在说“真没出息”

但我不能屈服，不能同意
在妹夫出差的日子里
接管他的石棉厂
我天天发烧，头痛加剧
胸口老堵得慌
就是身心正常时
我也根本没有管理能力

另外，我的长篇刚动笔

必须全力写下去
跟家人我怎么也说不明白
他们认为写作是奢侈
是无利可赚的投资
我真恨他们啊！他们怎么
就不想想我多不容易？
我每天都去保险公司工作
必须保住那个位置

在班上我老得控制自己
不让感情一泻千里
好几次我差点给老板下跪
求他保证不把我解职

我是个病人，随时
都会成为公司的累赘

今晚我独自待在屋里
反复寻思着怎样
才能冲出这个困局
也许等家人都入睡后
我就纵身跳下楼去

最后的婚礼（乔治·奥维尔）

写作已经把你榨干
你却仍怀着旧梦——
梦想女人们都对你倾心?
你忘了多少人曾拒绝嫁给你
你这尖锐又尖刻的人

是啊，在你生命的尽头
《一九八四》出版风行
你的名声终于铸就
你将成为伟大的魂灵
虽然痨病就要把你带走

医生和朋友们都清楚
你离死亡只差一步
但他们仍鼓励你结婚

你要娶个美女，多活几年
好把心里的书写完

你还是爱慕那蓝眼女子
最终在病床上与她喜结连理
好一个死亡的婚礼啊！
不到三个月就有了结局——
夜里你独自吐血断气

黄泉路上谁有伴侣？
何必联手与死神搏斗？
你应该安然地接受
耗尽的躯体
和不朽的自己

听不见的歌（邓丽君）

我多么想和别人一样生活
每天给你做完早餐
就送孩子去上学
然后提着篮子去逛街
不管到哪里都没人注意我
买菜回来，哼着歌
把一间间屋子收拾整洁
下午早早就下厨
你下班一到家热饭就上桌
晚上陪着孩子做功课

只要有你做我的依托
我不需要别的什么
我多么想和别人一样生活

选择了唱歌

就必须在台上闪射

当初我并不晓得

轰轰烈烈的成功

不过是片刻

接下来还有落魄

Ⅳ

另一种蹒跚

一位 58 岁的画家去美国

明天你就要离开
你曾热爱的上海
去远方寻找另一种生活
“也许是另一种死亡”
这些天你常笑着说

你已经死过好几回
不要仍把死亡当作心事
无论那边的生活多么艰难
你都要活下去
活下去就会有奇迹

是啊，你不懂英语
也没有从头打拼的力气
但你有坚毅和画笔

在那片陌生的土地上
你要和过去一样

生活得执着而又精致
还要戒酒，少熬夜
你要牢记自己存在的意义：
不管流落到哪里
你的足迹都将成为路碑

困境

你别老提自己的损失
是的，你失去了那么多：
家园、工作、亲人、国籍
你飘落到另一片土地
那里一切都陌生
你必须重新开始
有时你像学语的孩子
有时你像惊恐的老人
乱了心绪，找不到自己
多年来你生活得
从迷失到迷失到迷失
完全被困难包围

然而，哪个有意义的生命
不是出自困境？
不是由困难构成？

别再说自己的苦难了

苦难从不平等——

比起那些芸芸草民

你还是应该庆幸

因为你有机会重新做人

孤独

你不知道我多么喜欢孤独
灵魂更热爱古远的来宾
但他们只在你独处时才肯光临
别再说孤独多难忍受
无论你在哪里，岛屿或远村
都不会缺少神灵般的朋友
只要你不走出家门

你不知道我多么讨厌交际
一桌桌丰盛的酒席
一场场派对——让人欢喜
却拉不短众人间的距离
热闹使你听不见悠远的话语
还让你乱认兄弟姐妹
你不知道我多么感激孤独

想家

这阵阵落叶容易让人消沉
但你习惯了深秋的情景
树木明春还会吐绿
现在你不必黯然伤神

然而想家却是深深的心病
虽然你早已不知道家在哪里
家是另一种存在
失去了就不再回来
只留下隐隐作痛的记忆

如今你心中常常涌现不同的家
它们都在你不曾去过的地方
醒醒吧，其实你的怀新
与恋旧仅仅是遐想
怎样摆脱客居的窘境

离乡的选择

虽然你已经接近中年
但你仍要将自己连根拔起
去远方重新开始
你迟迟没动身
还拿不准在哪里扎根

你常说希望能像那位艺术家
买下一个遥远的荒岛
在自己的土地上自由地生活
养鸡，种菜，做木工
把果树和竹子栽满山坡
那小岛上四季如春
只听得见潮汐和鸟语
安静美丽得快让人窒息

可是别忘了他最终选择自杀

甚至对妻子也下了毒手
因为他觉得实在无路可走
完全被疯狂和恐惧压垮

一开始他就应该明白
选择了流亡
就不会再有自己的土地
——他心里将涌起
不断出发的欲望
他的家园只能在路上

你别梦想在哪儿扎根
一旦启程
你就得活得像只船
就得接受漂泊的命运——
从港湾到港湾，到港湾……

失去的月亮

就这样，我也丢掉了月亮
浑噩中把一张笑脸
当做全部光源和希望
并跟它走进了黑蒙蒙的森林
从此再看不清天上的风光
怎样跋涉，怎样搜寻
也找不到曾经翻越的山冈

如今黑夜和白天没有两样
时光都消磨在电脑和手机上
其实我早就明白
那张笑脸不过是皎洁的幻象
但我已经不会像祖先那样
仰望明月高悬在马前或路旁
好捎话给友人和故乡

我飘落到祖先没听说过的地方

须活出另一种坚强

灾难

是啊，你骨子里清楚
灾难又要降临了
这回它会呈现什么面目？
你见过死亡和病魔
也有过家破人散的恐惧

一回又一回你都接近崩溃
呻吟说“我完蛋了！”
但你还是爬了起来
重新出发上路
虽然你必须转弯
必须越过新的山谷
必须学会另一种蹒跚

现在灾难又要来了
但你不再战栗

你已经熟悉它的规律：

狰狞的面具下藏着

各种鬼神，包括机遇

墓园

我观赏过那座墓园的美丽
那里有披满阳光的山坡
还有北大西洋的绿水
抚摸着石阶和草地
弯曲的小径旁石碑簇立
周末墨西哥园丁在修剪花卉
处处安静明亮，井然有序
我明白你俩为啥要去那里安息
还替国内的家人在那儿买了墓地

你们知道自己身后将去哪里
也就收敛了漂泊的心事
生活也跟着安定下来
其实，墓园是另一类村庄或城市
人们此生后可以去那里定居
我真羡慕你俩清楚自己的归宿

而我却拿不准将去哪里

也不曾眷恋任何土地

即使死后，也许还要迁徙

纸

你要珍惜面前的白纸
在上面写下擦不掉的字句
如果你幸运，它们会
滋育常新的故事
也会融入你立身的底气

这张纸是卑微的开始
可是没有诋毁，没有权力
能撼动上面的黑字
你的声音和久远的消息
将从这里慢慢飞起
你要把全部力气
都给予面前的好纸

图书在版编目(CIP)数据

哈金新诗选 / 哈金著. —北京：北京十月文艺出版社，2017.6

ISBN 978-7-5302-1667-5

Ⅰ.①哈… Ⅱ.①哈… Ⅲ.①诗集—中国—当代 Ⅳ.①I227

中国版本图书馆CIP数据核字（2017）第061017号

哈金新诗选

HAJIN XINSHIXUAN

哈金 著

出　版　北京出版集团公司
　　　　北京十月文艺出版社
地　址　北京北三环中路6号
邮　编　100120
网　址　www.bph.com.cn
发　行　新经典发行有限公司
　　　　电话（010）68423599
经　销　新华书店
印　刷　北京富达印务有限公司
版　次　2017年6月第1版
　　　　2017年6月第1次印刷
开　本　787毫米×1092毫米　1/32
印　张　6.5
字　数　150千字
书　号　ISBN 978-7-5302-1667-5
定　价　38.00元
质量监督电话　010-58572393
如有印装质量问题，由本社负责调换。